ma première...

petite sœur

Édition publiée par les Éditions Scholastic, 604, rue King Ouest, Toronto (Ontario) M5V 1E1 avec la permission de Quarto Group.

5 4 3 2 1   Imprimé en Chine CP141   11 12 13 14 15

Catalogage avant publication de Bibliothèque et Archives Canada

Marleau, Eve
Petite soeur / Eve Marleau ; illustrations de Michael Garton ; texte français d'Isabelle Montagnier.

(Ma première--)
Traduction de : Baby brother.
Niveau d'intérêt selon l'âge : Pour les 4-7 ans.

ISBN 978-1-4431-0639-9

I. Garton, Michael II. Montagnier, Isabelle, 1965- III. Titre.
IV. Collection : Marleau, Eve. Ma première-- .

PZ23.M366Ma 2011   j823'.92   C2010-905859-3

Auteure : Eve Marleau

Illustrateur : Michael Garton

Conception graphique : Elaine Wilkinson

Direction artistique : Zeta Davies

Les mots en caractères **gras** sont expliqués dans le glossaire de la page 24.

ma première...

petite sœur

Eve Marleau et Michael Garton

Texte français d'Isabelle Montagnier

Éditions SCHOLASTIC

Chaque matin, Léanne déjeune avec sa maman, son papa et leur chien Max.

— Maman, depuis combien de temps es-tu **enceinte**?

— Depuis près de neuf mois, Léanne. Le bébé va naître d'un jour à l'autre.

— Il faut que je lui fasse de la place à table! s'écrie Léanne.

Léanne aide sa maman
à faire la vaisselle.

— Où dormira le bébé,
maman?

– Le bébé dormira dans un **berceau** dans ma chambre, comme ta poupée. Quand il sera plus grand, il dormira dans un lit, comme toi.

7

Puis, Léanne et sa mère
emmènent Max au parc.

– Est-ce que le bébé pourra
jouer à la balle avec Max
et moi? demande
Léanne.

– Non, le bébé sera
trop petit au début.
Il faudra attendre
qu'il grandisse.

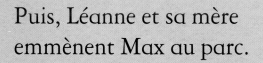

Mais tu pourras faire d'autres choses
avec lui, comme lui chanter des
chansons ou lui raconter ce que tu
as fait pendant la journée.

Les bébés adorent leurs GRANDS frères
et leurs GRANDES sœurs.

Un jour, c'est grand-maman
qui vient chercher Léanne
à l'école.

– Ton papa et ta maman sont allés à l'**hôpital**. Le bébé devrait arriver bientôt!

11

Léanne est dans le jardin
avec grand-papa lorsque
son père arrive.

12

– Papa! Papa!

Est-ce que le bébé est né?
Où est maman?

– Oui, ta petite sœur est née! Elle est à l'hôpital avec ta maman. Aimerais-tu aller les voir?

Ils vont à l'hôpital. Léanne voit
un tout petit bébé dans
un berceau à côté
de sa maman.

– Bonjour, Léanne. Voici ta sœur Charlène.
Veux-tu lui dire bonjour?

Léanne regarde dans le berceau.

– Je suis ta GRANDE sœur,
dit-elle à Charlène.

Le lendemain, Charlène
et la maman de Léanne
rentrent à la maison.

– Maman, est-ce que je peux t'aider? demande Léanne.

– Oui, c'est justement l'heure du bain de Charlène, lui répond sa maman.

Et elle lui montre comment s'assurer que l'eau est à la bonne **température**.

Après le bain, elle couche Charlène
dans son berceau.

Léanne met un lapin bleu à côté du bébé.

– C'est pour toi, Charlène, murmure-t-elle.

19

Plus tard, Léanne entend
Charlène pleurer. Elle entre
dans la chambre.

– Pourquoi pleure-t-elle,
maman? demande Léanne.

– Charlène a très faim quand elle se réveille, tu sais.

– Qu'est-ce qu'elle aime manger? demande Léanne.

– Pendant les premiers mois, elle ne boira que du lait spécial qui contient tout ce dont elle a besoin pour grandir.

Chaque matin, Léanne aide sa maman.

Elle l'aide à changer la **couche** de Charlène.

Elle l'habille.

Elle joue avec elle.

Ensuite, toute la famille déjeune
dans la cuisine.

Glossaire

Berceau : Lit de bébé.

Couche : Linge absorbant dont on enveloppe les fesses des bébés qui ne vont pas encore à la toilette.

Enceinte : Quand il y a un bébé dans le ventre d'une maman ou d'un animal femelle.

Hôpital : Endroit où vont les gens pour se faire soigner.

Température : Mesure qui indique si quelque chose est chaud ou froid.